El meu gosset vol fer ballet

Per a l'Amber, en James, en Lauren i l'Isaac, amb amor – AK

Per a en Michael (que creu en el Biff) – SO

BLUME

Títol original:
Dogs don't do Ballet

Traducció:
Lluïsa Moreno Llort

Coordinació de l'edición en llengua catalana:
Cristina Rodríguez Fischer

Primera edició en llengua catalana, abril de 2012
Reimpressió, febrer de 2016
Nova edició, gener de 2023

© 2023 Naturart, S. A. Editat per BLUME
© 2012 Art Blume, S. L.
Carrer de les Alberes, 52, 2.º, Vallvidrera
08017 Barcelona
Tel. 93 205 40 00 e-mail: info@blume.net
© 2012 Simon and Schuster, UK. Ltd, Londres
© 2012 del text Anna Kemp
© 2012 de les il·lustracions Sara Ogilvie

I.S.B.N.: 978-84-19499-46-2

Imprès a la Xina

WWW.BLUME.NET

El meu gosset vol fer
ballet

BLUME

Anna Kemp   Il·lustracions de Sara Ogilvie

El meu gos no és com els altres gossos.

No fa el que fan tots els gossos. No aixeca la pota
per fer pipí quan es troba un fanal, ni es grata quan té puces,
ni beu l'aigua del vàter.

Si li llanço un bastó,

em mira com si fos boja

i al final sempre el recullo jo.

No, al meu gos el que li agrada és escoltar música,
contemplar la llum de la lluna i caminar de puntetes.

I és que el meu gos es pensa que no és un gos...

El meu gos es pensa que és un ballarí!

Quan em preparo per a la classe de ballet,
em mira amb il·lusió el tutú i les sabatilles,
i jo sé que somia fer-se famós.

—Papa, el Biff pot venir amb mi? És que li encanta el ballet.
—Ni parlar-ne —em respon el pare—. Els gossos no ballen!

Un dissabte, tot caminant cap a la classe de ballet,
tinc una sensació ben estranya. És com si m'observessin.
Ben bé com si em seguissin.

Mentre la senyoreta Lídia ens ensenya uns passos nous,
em fa la impressió que algú ens espia per la finestra.
Algú amb el nas humit. I amb cua.

—Molt bé, noies —diu la senyoreta Lídia—.
I ara, qui vol fer-nos la primera posició?

Tot d'una, abans que cap de nosaltres tingui temps de fer un pas endavant, se sent un lladruc al fons de la sala i, a continuació, se'ns acosta corrent una cosa peluda.

—Què és això? —pregunta la senyoreta Lídia, mirant-se-la per sobre de les ulleres.

—Això —responc— és el meu gos.

—Doncs ja te'l pots endur ara mateix —m'ordena la senyoreta
Lídia tot arrufant el nas—. Els gossos no ballen!
En sentir allò, el meu pobre gosset deixa de remenar
la cua i abaixa les orelles.

Tot seguit me l'emporto a casa i li dono les seves galetes preferides.
Però no en tasta ni una!

No es mou de la caseta durant uns quants dies, i a la nit,
quan surt la lluna, no para d'udolar.

Sabeu què? Per l'aniversari m'han regalat unes entrades
per al Ballet Nacional.

—Papa, que ens hi pot acompanyar el Biff? És que li encanta el ballet.
En sentir-ho, el meu gos aixeca
les orelles i remena la cua.

—No —em respon el pare—. Ja t'ho vaig dir.
T'ho he dit mil vegades: els gossos no ballen!

Mentre esperem l'autobús, penso en el meu gos,
que s'ha quedat sol, udolant a la llum de la lluna.
Pobrissó! Però llavors tinc una sensació d'allò més estranya.

És una sensació molt estranya, com si m'observessin.

Ben bé com si no estigués sola.

El ballet és màgic!
L'orquestra toca mentre la primera ballarina balla,
salta, gira, fa piruetes i...

Oh, no! Ensopega! Quin desastre! Quin horror!
En aquell moment, em dic:
—Això s'ha acabat!

Malgrat tot, hi ha algú que no pensa
el mateix. No, hi ha algú que pensa que
la funció tot just acaba de començar.
Aquest algú té els ulls grossos i negres,
i les orelles punxegudes. Aquest algú...

...duu el meu tutú!

El públic queda bocabadat.
—Però si és un gos!
—exclama la multitud—.
Els gossos no ballen!

El meu gos es posa vermell com un tomàquet
i mira cap a terra.

—És el que jo dic sempre —murmura el pare.

Llavors l'orquestra comença a tocar...

...i el meu gosset balla com mai ningú
no havia vist ballar un gos.
Plié! Jeté! Arabesc! Pirueta!

És lleuger com el cotó de sucre!
I bonic com una fada!
El públic fa uns ulls com unes taronges.
—Bravo! —crido—. És el meu gos!

Quan els músics acaben de tocar, el meu gos
saluda amb una reverència i parpelleja
nerviós quan l'enfoquen els llums. Al teatre
hi ha tant de silenci que es podria sentir
explotar una bombolla.

Aleshores una senyora de la primera fila es posa dreta.

—És un gos! —crida.

El Biff abaixa altra vegada les orelles.

—Un gos que balla! —afegeix—. Bravo!
De sobte, el públic comença a aplaudir i a llançar tot
de roses a l'escenari. El meu gos no cap a la pell de felicitat.
—Qui ho hauria dit —assegura el pare, brandant el cap—.
El Biff és un magnífic ballarí!
—Ho veus? —li dic tota orgullosa, acariciant
les orelles del Biff—.
Els gossos SÍ que ballen! Bravo, Biff!